FANTASMAS ESCOLARES

A LA ORILLA DEL VIENTO

Primera edición en alemán, 1991
Primera edición en español, 1994
    Décima reimpresión,   2009

Bröger, Achim
    Fantasmas escolares / Achim Bröger ; ilus. de Juan Gedovius;
trad. de María Ofelia Arruti. — México : FCE, 1994
    61 p. : ilus. ; 19 × 15 cm — (Colec. A la Orilla del Viento)
    Título original Schulgespenster
    ISBN 978-968-16-4591-5

    1. Literatura infantil I. Gedovius, Juan il. II. Arruti, María Ofelia,
tr. III. Ser. IV. t.

LCPZ7   Dewey 808.068 B262f

Distribución mundial

© 1991, Thienemman Verlag GmbH, Sttutgart - Viena
ISBN 3 522 168011
Título original: *Schulgespenster*

D. R. © 1994, Fondo de Cultura Económica
Carretera Picacho Ajusco 227, 14738, México, D. F.
www.fondodeculturaeconomica.com
Empresa certificada ISO 9001: 2000

Editor: Daniel Goldin
Diseño: Joaquín Sierra sobre una maqueta de Juan Arroyo
Diseño de portada: Fabiano Durand
Dirección artística: Mauricio Gómez Morin

Comentarios y sugerencias:
librosparaninos@fondodeculturaeconomica.com
Tel.: (55)5449-1871 Fax.: (55)5449-1873

ISBN 978-968-16-4591-5

Impreso en México • *Printed in Mexico*

FANTASMAS ESCOLARES

ACHIM BRÖGER

ilustrado por
JUAN GEDOVIUS

traducción
MARÍA OFELIA ARRUTI

 FONDO
DE CULTURA
ECONÓMICA

Horrible despertar

❖ —¡UAAAH! —bostezó ella
ruidosamente.

—¡Toni! ¡Tápate la boca! —la regañó Alfredo. Él también
bostezó, pero cubriéndose la boca de una manera elegante.
Luego saludó con cortesía—: Hola, querida Antonia.

—¡Hum! —contestó ella. Miraron a su alrededor y su desconcierto fue mayor—. ¡Oye, Alfredo, todavía estamos en la escuela!

—¡Santo Dios! —exclamó él, y ya no pareció elegante en absoluto.

Toni y Alfredo, estaban muy asustados. Estaban solos en el salón de clases del 3° "B", sentados en la última banca de la fila junto a la ventana.

—¡Qué horror! —gimió Toni.

—¡Es una pesadilla! —se lamentó su hermano—. El sol brilla, y nosotros aquí en la escuela.

Apenas podían creerlo, de tan horrible que aquello les parecía.

—Quizás es sólo un mal sueño —dijo Toni esperanzada— ¡Pellízcame!

Alfredo la pellizcó y Toni sintió dolor. ¡Así que no era un sueño! Toni rodeó con el brazo los hombros de su hermano a manera de consuelo y dijo:

—Probablemente nos ensoñamos en la clase de medianoche.

—Se dice quedarse dormido —corrigió Alfredo.

—¡Qué va! Cuando alguien se queda dormido mientras le enseñan, se dice ensoñarse. Es lógico —opinó ella.

—No —dijo él—, pero tienes razón. De seguro nos

quedamos dormidos. Luego, los demás desaparecieron sin hacer ruido y sin dejar huella, como siempre. Y se olvidaron de nosotros.

—¡Esos malditos …!

—¡Antonia! —la interrumpió Alfredo—. Tu forma de expresarte es atroz.

—¡No me importa! Nos pasa algo horroroso y tú piensas en los buenos modales.

Se veían pálidos y asustados, terriblemente pálidos. Además despedían una luz tenue un poco verdosa, y sus ojos eran de un rojo fantasmal.

—Si a alguno de nosotros lo sorprende el día, palidecerá y palidecerá —se lamentó Alfredo. Toni asintió con la cabeza y suspiró profundo.

—Perdemos color y nos desvanecemos, hasta desaparecer.

—Así nos han enseñado en la escuela de medianoche —susurró Alfredo.

—¡Pero yo no quiero desaparecer! ¡Demonios! ¡No quiero ser una paliducha! —gritó Toni y golpeó la mesa con el puño.

—¡Toni! ¡Shht! —amonestó Alfredo a su hermana.

—¡Oye… hermano! —dijo ella acariciándole la cara—. No puedo imaginar que dentro de poco ya no estaremos más aquí.

Se levantaron de sus sillas. Ambos eran casi de la misma estatura y vestían de manera un poco rara. Llevaban camisas con volantes y pantalones fuera de lo común. También traían sombreros de copa. En suma: se veían muy pasados de moda.

—¿Qué es lo que está allá enfrente? —preguntó Alfredo señalando los gises de colores en el pizarrón.

—Ni idea —contestó Toni—. Nunca los hemos utilizado en las clases de la noche. Por lo menos, no lo recuerdo. Así, de día, lucen apetitosos.

—Quizá sepan sabroso —dijo Alfredo—, y yo empiezo a sentir hambre.

Tomados de la mano, Toni y Alfredo fueron hacia el pizarrón. Toni cogió un pedazo de gis rojo y lo mordisqueó.

—Sabe delicioso —dijo y luego mordió un trozo grande—. "Chomp, chomp" —lo masticó y lo tragó. Alfredo la imitó de inmediato.

—¿Habrán dispuesto el pizarrón para nosotros? —preguntó Toni. Su hermano se encogió de hombros y probó el gis blanco.

—No está mal —opinó—. Pero el rojo tiene más sabor.

Toni miró a su hermano. Le dio una palmada en el hombro y dijo, emocionada:

—Ya no te estás poniendo pálido. Al contrario, tienes un brillo rojizo en la cara.

—Tú también —dijo Alfredo con asombro—. Tal vez estas cosas de colores sean al mismo tiempo comida y medicina para nosotros.

De repente oyeron ruidos a la puerta.

—¡En pleno día! —dijo Toni sorprendida—. ¿Quién puede buscar algo en la escuela?

Con rapidez tomaron unos cuantos gises rojos. Luego atravesaron el aula a toda prisa y se escondieron tras las sillas de la última fila.

Unos niños entraron en el aula.

—Mira, niños humanos en nuestra escuela —cuchicheó Toni.

—¡Qué extraño! —susurró Alfredo—. Siempre creí que la escuela se quedaba vacía durante el día.

—Yo también —dijo Toni en voz baja—, pero quizá los niños humanos vienen en el día a aprender algo.

—No, no lo creo. ¡Imagínate, aprender algo durante el día…! ¡Horripilante! Tal vez hoy sea una excepción, y hayan venido a festejar algo.

—Bueno, no sé —opinó Toni—. Tal vez durante el día los humanos vienen aquí, y durante la noche, en la oscuridad, la escuela es toda para nosotros. Puede ser que de día la gran caja-escuela no se quede vacía y sin provecho.

—Los humanos son un poco raros, ya nos lo han dicho nuestros maestros —susurró Alfredo—, pero estar en la escuela en pleno día, sería demasiado absurdo. Además, no debe ser saludable, ni para los maestros ni para los niños.

—Lo mismo creo yo —dijo Toni—. Tal vez tienes razón y sólo estén aquí para festejar algo.

—¡Participemos en la fiesta! —dijo Alfredo—. Hermanita, es la primera vez que vemos niños humanos. Se cuentan cosas sorprendentes sobre ellos. Y además, ellos tampoco nos han visto nunca.

—¡Shht! —le ordenó Toni.

Seguían entrando niños en el aula, y de pronto sonó la campana de la escuela.

—¡Qué sonido tan desagradable para mis oídos tan musicales! —gimió Alfredo.

—Deberíamos embrujar ese sonido repugnante —propuso Toni y luego dijo—: ¡Eh! ¿Y si la magia no sirve de día?

—Probemos —dijo Alfredo.

Muy juntos se concentraron en el ruido de la campana. Luego, al mismo tiempo, ambos movieron tres veces sus orejas, parpadearon tres veces, hicieron tronar los dedos, y apuntaron hacia el altavoz. El ruido cesó.

Se oyó un largo y profundo "MIAU", seguido de un horrible bufido. Pesadas cadenas sonaban cada vez más con mayor fuerza. Para terminar, se oyeron quejidos lastimeros y un castañeteo de dientes. Alfredo dijo:

—¡Formidable! La magia también funciona de día. En verdad sonó bien.

—¡Condenadamente bien! —opinó Toni.

—¡Antonia! ¡Qué palabras! —reprendió Alfredo a su hermana.

—Gracias —dijo ella.

Todos los niños, con la mirada en el altavoz, estaban sorprendidos.

—¡Qué tétrico! —dijo Francisco, un niño gordito, algo temeroso.

—A mí me pareció bellamente macabro —dijo una niña de moño rojo y se puso a imitar los ruidos, los demás también lo hicieron. Bufaron, castañetearon los dientes, se quejaron y gimieron y gritaron.

Toni y Alfredo se miraron divertidos.

—Escucha —dijo Toni—. No se oye mal.

—Un coro de espanto con armonía —elogió Toni—. Tienen talento. Si estudian con empeño llegarán lejos.

La maestra entró en el salón. Toni y Alfredo permanecieron escondidos, y como las sillas de la fila delante de ellos no estaban ocupadas, no los notaron.

—¿Qué ruido fue ése? —preguntó la maestra.

—Salió del altavoz —respondió un niño de cabello rizado.

—Eso no es posible —dijó la maestra—. La campana de la escuela siempre suena de otra manera.

Toni se acercó a Alfredo y le dijo al oído:

—Ésa de allí adelante es más grande que los niños humanos de la escuela.

—Puesto que esta humana es grande, debe ser una maestra —susurró Alfredo. ❖

Con la comida no se pinta

❖ —ME ALEGRA que ya no estemos palideciendo— dijo Alfredo saboreando un gis rojo y prestando atención a lo que la maestra decía—. ¿Cuándo empezará la fiesta? —preguntó.

—Tal vez, después de todo, sí sea una clase —murmuró Toni.

—¡Ay, no! Escucha. No es una clase.

"Multiplicar y dividir", oyeron decir.

—¡Qué palabras tan raras! —opinó Toni—. ¿Qué es eso de multiplicar y dividir?

Alfredo se encogió de hombros. Tampoco él lo sabía.

Entonces la maestra buscó algo en el pizarrón y preguntó:

—¿Tomó alguien el gis rojo?

Alfredo miró el pedazo rojo que tenía en la mano.

—De seguro se refiere a esta cosa sabrosa que tengo aquí —susurró.

—Hay que darle un poco, debe tener hambre —cuchicheó Toni.

—Quizás la fiesta comience con una comidita sabrosa

—dijo Alfredo y miró a su alrededor—. Pero te aseguro que este poco de gis no alcanza para todos.

—Y nosotros también queremos quedarnos con algo —murmuró Toni.

—Correcto —susurró Alfredo—. Tal vez con este delicioso pedazo de gis hagan una buena sopa.

—Sí, para que alcance —supuso Toni—. Aunque sería una lástima porque así solo sabe delicioso.

Y mordisquearon el gis rojo mientras la maestra decidía coger el blanco. Toni se puso de pie, y con un pedazo de gis en la mano cruzó el salón.

—¿Quién es ella? —preguntó sorprendida la niña del moño rojo.

—Tiene un brillo ligeramente verdoso —dijo Francisco—. ¿Y por qué está vestida así? Es curiosa.

Toni le tendió el pedazo de gis rojo a la maestra y le dijo:

—Para usted.

—¿De dónde saliste? —preguntó la maestra.

—De allá —respondió Toni, señalando la última banca de la fila junto a la ventana. Todos miraron en esa dirección, y poco a poco se asomó Alfredo por encima de la mesa.

—¡Hola! —dijo sonriendo—. Ella es Toni, mi hermana. —Caminó hacia el frente y se inclinó con toda cortesía.

La maestra no sabía qué decir. Como aparecidos, de pronto

tenía dos alumnos nuevos en la clase. Lo único que atinó a exclamar fue:

—¡Conque sí!

—¿Así se llama usted? —preguntó Toni. —¡Qué nombre tan gracioso… "Conquesí". Bueno, quizás esos nombres sean comunes aquí; después de todo no suena tan mal, señora Conquesí.

—Me apellido Iglesias. ¿Y ustedes son nuevos en la clase?

—Sí, somos dizque nuevos —contestó Toni.

—De día, en realidad, todo es nuevo para nosotros —explicó Alfredo.

La señora Iglesias no entendió bien. Trataba de recordar: "¿Me dijo la directora que recibiría dos alumnos nuevos? No me acuerdo. Quizás lo olvidé. O tal vez la notificación esté en la Secretaría. Estos niños son muy especiales."

—Vayan a sentarse —dijo, y señaló la última banca junto a la ventana.

Uno junto al otro, Toni y Alfredo atravesaron el aula, recogieron los sombreros de copa y el resto de los gises, y los colocaron sobre la mesa frente a ellos.

Los niños no dejaban de voltear a mirar a sus extraños condiscípulos y apenas escuchaban lo que decía la señora Iglesias.

Alfredo levantó la mano.

—¿Qué pasa? —preguntó la maestra.

—Usted quería gis rojo —contestó Alfredo. Toni volvió a adelantarse y le entregó a la maestra un pedazo de gis.

—¡Buen provecho! —le deseó. Y en voz baja agregó—: Debería comer el gis blanco sólo cuando tenga mucha hambre. El rojo sabe mucho mejor y, por favor, no lo haga sopa, sería una lástima.

—Pero, ¡por Dios! —dijo la maestra—. Esto es algo…

—Amable de mi parte, ¿no es cierto? —la interrumpió Toni, radiante—. Es un buen consejo que le doy, señora Conquesí.

—Mi nombre es Iglesias —corrigió la maestra.

—Conque sí, se me había olvidado —repuso Toni y regresó a su lugar.

Moviendo la cabeza, la señora Iglesias comenzó a escribir en el pizarrón. Pero Alfredo la interrumpió:

—¡Señorita profesora con la comida no se pinta!

—Y lo que está pintando es bastante aburrido. Un montón de rayas y unos círculos —gritó Toni.

"¿Me quieren hacer enojar?", pensó la señora Iglesias mirando el pizarrón.

—¡No estoy pintando! Estoy escribiendo en el pizarrón.

Toni y Alfredo se miraron perplejos.

—¿Por qué está exprimiendo esas figuritas en el pizarrón? —preguntó Alfredo.

—Es-cri-biendo —corrigió la maestra.

—A nosotros nos da lo mismo si quiere usted llamar así a su pintura —dijo Toni, y Alfredo asintió con la cabeza.

"¡Mmm!", pensó la maestra. "Las cosas pueden ponerse difíciles con los nuevos." Y como sabía tan poco de ellos, preguntó:

—¿Y ustedes de dónde vienen? —y luego añadió—: Probablemente de lejos.

—Bueno... sí, si así lo quiere tomar —respondió Toni, y prefirió no dar una información más exacta. Después de todo la escuela de medianoche tenía que permanecer en secreto.

—De cualquier manera, venimos de un lugar muy diferente de éste —terció Alfredo.

—¿Diferente... cómo? —preguntó la maestra. Todos los niños miraban con curiosidad a los nuevos.

—Más oscuro, por ejemplo —dijo Toni con tono misterioso—. ¡Horriblemente oscuro!

—¡Antonia! —la reprendió Alfredo.

—Por cierto, ¿cuál es su apellido? —quiso saber la señora Iglesias.

—Hitchcock —respondió Alfredo.

—¿Cómo?

—La maestra no oye bien —murmuró Toni y gritó—: ¡HITCHCOCK!

—Como el famoso director de películas de suspenso y terror. Y también hay libros de él —comentó la niña del moño rojo.

—A ese señor no lo conocemos —dijo Alfredo—. En todo caso, nuestra familia se llama así desde hace siglos.

Toni reflexionó y dijo:

—Si al señor Hitchcock le gustan las cosas de espantos, entonces quizás sí seamos parientes lejanos.

Y levantándose de su lugar, dijo:

—De hecho, para todos los Hitchcock el horror es ¡mara…vi…llo…so!

La última palabra resonó largo rato en el aula. A Toni los ojos le brillaban de emoción, y toda ella despedía un resplandor ligeramente verdoso. A su lado Alfredo, también resplandecía. ¿Quiénes podrían ser esos extraños alumnos nuevos?, ni la maestra ni los niños tenían la menor idea.

—¿Quieren decir que les gustaría oír algo de horror? —preguntó la maestra.

—No, en realidad no —exclamó Alfredo—. Ese tipo de historias las vivimos a menudo. Prefiero oír historias raras, por ejemplo sobre los humanos, qué hacen, cómo se comportan.

—Shht —susurró Toni—. No cuentes demasiado sobre nosotros.

—¿Quizás les gustaría leer cuentos de horror? —quiso

saber la maestra—. En fin, ¿qué han leído ustedes en su escuela? En esta clase vamos muy adelantados en lectura —agregó con orgullo.

—Lectura —respondió Toni—. Por favor, ¿qué es eso?

"¿Quieren tomarme el pelo?", pensó la maestra ignorando la pregunta.

—Mire —dijo Alfredo—, usted tampoco lo sabe.

Tal vez no tiene importancia, o a lo mejor es muy difícil de explicar.

—¡Por supuesto que no! —dijo la maestra y, antes de que pudiera decir más, Toni preguntó:

—¿Y cuándo empieza la fiesta? La estamos esperando.

La maestra no entendía nada, y por aquí y por allá se oían risitas ahogadas.

—Aquí no hay ninguna fiesta. Estamos en clases. La lección... —dijo la señora Iglesias.

—La lección... sabemos lo que es una lección —dijo Alfredo—. Pero clases a plena luz del día... ¡eso sí que es pasarse de la raya!

—¡Esto es tortura humana! —protestó Toni—. Uno debe pasar el día en la cama, para que en la tarde, y sobre todo en la noche, esté despierto y en buena condición.

—No sé de dónde son ustedes —dijo la maestra—. Pero aquí hay clases durante el día todas las mañanas, excepto el sábado y el domingo.

—¡Santo cielo! —gritó Toni—. Con razón todos se ven tan colorados, como agotados y enfermos.

—Y ustedes lucen bastante pálidos —dijo la señora Iglesias—. Y ahora, vamos a continuar...

Toni y Alfredo no se estaban divirtiendo. Apuntaron al altavoz, chasquearon los dedos y se oyó un largo y profundo

"Miau" y un bufido feroz. El ruido de cadenas era cada vez más fuerte y, para rematar, castañetear de dientes y lamentos.

Todos miraron el altavoz; se apretujaron unos contra otros. la señora Iglesias paseaba la mirada del altavoz a Toni y Alfredo. Al final se oyó el ulular de una lechuza.

—Estuvo bonito, ¿verdad? —preguntó Toni en voz alta—. Mucho mejor que esa maldita…

—¡Antonia! —reprendió Alfredo a su hermana.

—Quise decir mucho mejor que esa tonta campana, que suena sin ton ni son —siguió diciendo Toni.

—Fue como en la Casa de los Sustos, sólo que más real —declaró la niña del moño rojo—. Me pareció súper. Y además en la Casa de los Sustos hay que pagar dos pesos y aquí no cuesta nada.

—¿Me podrían explicar de dónde salen esos horribles sonidos? —preguntó la maestra a Toni y a Alfredo.

—De allí —dijo Toni con voz cantarina, y alegremente señaló el altavoz.

No reveló nada más.

—¿No serán por casualidad ventrílocuos de alguna familia de artistas? —preguntó la maestra—. Éstos pueden hacer ese tipo de sonidos con la boca cerrada —explicó.

—No, no lo somos —respondió Alfredo.

—¿Y si los ruidos provienen de la oficina de la directora?

—pensó en voz alta la señora Iglesias—. Sobre su escritorio están el micrófono y el interfono.

Francisco, el niño gordito, dijo:

—Tal vez la directora estaba viendo mi boleta de calificaciones y por eso se asustó.

—No, ella no hace así cuando se asusta —dijo la maestra—. Ojalá no le haya pasado nada. Voy a ver.

Y salió. ❖

Eso sí que espanta

❖ LA NIÑA del moño rojo se volvió hacia Toni y Alfredo y les preguntó:

—¿Por qué se visten tan raro? ¿Y por qué usan sombreros de copa?

—¿Nosotros nos vestimos de modo raro? —preguntó a su vez Alfredo. Miró a su hermana y luego se examinó a sí mismo—. Son ustedes los que usan cosas raras, no nosotros.

Toni les explicó a los niños:

—De donde venimos todos se visten así. Y los sombreros de copa… bueno, son parte de nuestro equipo.

Los niños se acercaron a los misteriosos alumnos nuevos y antes de que los siguieran interrogando, Alfredo se adelantó.

—¿Qué aprenden aquí en la escuela?

—A leer, a escribir, a hacer cuentas y cosas por el estilo —contestó Francisco.

—¡Bah!, de seguro nos quieren confundir —dijo Toni—. ¿Qué materias tan extrañas son ésas?

—¿Y para qué se supone que sirven? —preguntó Alfredo—. Hay cosas mucho más importantes.

—¡Ojalá! —opinó Francisco, suspirando.

—¿No te va bien en la escuela? —preguntó Toni.

El muchacho asintió, pero parecía bastante infeliz.

—¡Pobre! —lo consoló Toni.

—Tal vez podamos ayudar —murmuró Alfredo.

—¿Y ustedes qué aprenden en su escuela? —quiso saber Francisco.

—Cosas que para nosotros son importantes —respondió evasivo Alfredo.

—¿Qué cosas? —preguntó la niña del moño rojo.

—Asustar a la gente, por ejemplo… ¡BUUU! —terció Toni.

Los niños rieron y comentaban:

"Los nuevos son muy graciosos."

—A veces yo también asusto a la gente —dijo Francisco—. Sobre todo a mis papás con mis calificaciones. Luego, ellos me asustan a mí.

—¡Qué escuela tan divertida, que te enseñan a asustar! —dijo el muchacho de cabello rizado—. ¿Qué más aprenden?

—¡Oohh, cosas…! —respondió Alfredo y no dijo más. Ninguno de los dos quería decir de dónde venían y quiénes eran en realidad.

—Cuenta —pidió la niña del moño rojo.

Era mejor no contar nada de sus materias principales. O sea espantar, transformarse, pasar a través de las paredes, hacer ruidos raros, volverse invisibles y esas cosas. Pero de una materia secundaria sí podían hablar.

Alfredo dijo:

—Aprendemos magia, por ejemplo a embrujar y a hechizar.

El niño de cabello rizado movió la cabeza.

—No les creeré hasta que lo demuestren. Enséñenos lo que han aprendido —dijo.

—¡Sí, sí! —gritaron los otros—. ¡Hagan un acto de magia! ¡Vamos!

—¿Lo hacemos? —preguntó Alfredo a su hermana.

—¡Bueno! —accedió Toni—. Empecemos por un par de cosas fáciles.

—A oscuras es mejor —dijo Alfredo. Y bajaron las persianas y cerraron las cortinas. En la oscuridad el ambiente era tétrico.

—Ahora se ven más verdosos —comentó Francisco.

Toni y Alfredo tomaron sus sombreros de copa.

—¿Los necesitan para hacer magia? —preguntó el chico del cabello rizado.

—Para algunos hechizos, sí —respondió Toni.

Toni y Alfredo se concentraron profundamente. Luego movieron sus orejas tres veces, parpadearon tres veces. Para terminar chasquearon los dedos y apuntaron a diferentes puntos del aula.

Una risita lúgubre que fue subiendo de tono cada vez más se escuchó en la oscuridad. Y luego llantos y castañetear de dientes. De los ojos de Alfredo salió un rayo que iluminó a los niños. También de los ojos de Toni salió otro rayo. Surgió una niebla densa, y se oyeron risotadas y un lamento apagado.

—¡Uuuyy! —gritó alguien—. ¡Eso sí que espanta!

—Estuvo bien —opinó el chico del cabello rizado—, pero no fue magia de verdad, fueron trucos.

—¡Vaya! ¡Oye eso, Alfredo! —rezongó Toni—. ¡Qué descaro!

El niño encendió la luz y continuó diciendo:

—La risita, el llanto y el castañetear de dientes lo hacen ustedes mismos. No hay duda de que son ventrílocuos. Ellos pueden hacer algo así sin mover la boca y sin magia.

—¿Y los rayos? —preguntó un niño.

—Muy fácil, eran luces de relámpagos —explicó el

chico—. Y la niebla… ¡Bah!, ésa la ve uno en cada espectáculo de televisión; es artificial. Me lo explicó mi mamá.

—Muéstrenos si pueden hacer otra cosa —propuso Francisco, el gordito.

Toni y Alfredo volvieron a apagar la luz. Se pararon juntos, y en un abrir y cerrar de ojos, cada uno sacó un huevo de su sombrero de copa, y luego hicieron una reverencia.

—Ah, ése es un truco muy fácil —gritó el chico delgado—. Ya habían escondido antes el huevo en la manga.

Entonces Toni metió por segunda vez la mano en el sombrero. Esta vez sacó un conejo blanco.

El muchacho del cabello rizado encendió la luz y les explicó a los demás:

—En el televisor vi a alguien sacar veinte conejos del sombrero. Ahora apenas fueron dos. Todo son simples trucos. De seguro Toni y Alfredo vienen de una familia de artistas y hacen cosas como esas en el circo.

Los dos lanzaron un suspiro. Era evidente que no podían convencer a ese muchacho. Así que abriron las cortinas, subieron las persianas y el sol iluminó otra

vez el aula. Todo parecía como siempre. Bueno, no todo, porque ahora en el 3º B, además de los niños, había dos conejos y dos huevos.

Francisco se acercó a Toni y le dijo al oído:

—Si de veras pueden hacer magia, quizá logren que no me pongan cinco en la prueba de matemáticas. ¡Allí está!

Señaló un montón de cuadernos sobre el escritorio de la maestra.

—A ver qué se puede hacer —dijo Toni.

De vuelta en el salón, la maestra sintió, por el aspecto del grupo, que algo especial había sucedido.

Comentó que la directora estaba bien y continuó hablando:

—En el recreo tendremos una junta. Hablaremos sobre los extraños ruidos del altavoz y sobre la excursión de la escuela.

—¿Sí la vamos a hacer, después de todo? —preguntó la niña del moño rojo.

—Ya veremos —dijo la señora Iglesias—. Hay algunos profesores que todavía se oponen.

Antes de que la clase continuara el chico del cabello rizado dijo:

—Señora Iglesias, los dos nuevos sacaron conejos de sus sombreros de copa.

—¡Por favor, esas son tonterías! ¡No digas disparates! —lo reprendió la señora Iglesias.

—¡Pero lo hicieron, de verdad! —se defendió el chico.

Los demás niños gritaron:

—¡Es cierto! ¡De veras, señora Iglesias!

La maestra miró a Toni y a Alfredo, quienes permanezcan sentados, sonriendo con aire inocente y un poco pálidos, aunque sobre el pupitre, junto a cada sombrero de copa, había un huevo.

—¡Ajá! ¿Y dónde están los conejos? —preguntó la maestra. Todos comenzaron a buscarlos, pero no encontraron ninguno.

—¡Regresen a sus asientos! —dijo al fin la maestra—. ¡Y no quiero que se vuelva a interrumpir la clase!

—Pero de verdad, antes estaban allí los conejos, y ahora simplemente desaparecieron. Es otro truco de ellos —dijo el chico del cabello rizado y señaló a Toni y a Alfredo.

—¡Lo que dije también va para ti! —gruñó la señora Iglesias, con tono estricto.

La clase siguió. Toni cuchicheó al oído de Alfredo:

—La escuela de los humanos es condenadamente divertida.

—¡Antonia! —la amonestó Alfredo en voz baja—. ¡Compórtate!

Cortó un pedazo de gis rojo y lo saboreó.

—¡Qué delicia! —murmuró. ❖

Niños helados

❖ CASI AL FINAL de la clase la señora Iglesias devolvió las pruebas de matemáticas. Con el cuaderno de Francisco en la mano, dijo:

—Por desgracia, sacaste otra vez sólo un…

Al hablar, hojeaba el cuaderno. De pronto se detuvo sorprendida y confundida; en la prueba había un siete. Era su letra, pero ella recordaba un cinco, como era habitual en Francisco. ¡Qué raro! ¿Se habría equivocado?

—Francisco —dijo atónita—, te felicito, tienes un siete.

Francisco estaba radiante, les guiñó un ojo a Toni y a Alfredo y declaró:

—Entonces sí aprendí algo. Después de todo, tal vez logre sacar un seis en la boleta.

—¡Por supuesto! —opinó la maestra y se alegró junto con él por la inesperada calificación. Rápidamente revisó la prueba otra vez. Sí, era sorprendente, pero Francisco había hecho las cuentas bien.

La señora Iglesias entregó el resto de las pruebas.

—Casi es hora de que suene la campana —la previno el chico del cabello rizado—. ¡No se asuste!

Por el altavoz comenzaban a salir maullidos y bufidos, ruidos de cadenas que se arrastraban, dientes castañeteando y gemidos.

—¡Qué bonito! —dijo Toni en voz baja.

Y Alfredo murmuró:

—Casi como en casa. ¡Qué agradable!

—Bueno, no acabo de acostumbrarme al sonido —dijo la maestra mirando con temor al altavoz.

Antes de dejar el salón, elogió a sus dos alumnos nuevos.

—Participaron bien. Seguramente nos vamos a entender. Deben recuperar mucho, pero…

—Usted se refiere a esas cosas tan graciosas que pintó en el pizarrón —la interrumpió Toni—. Las figuras de círculos y rayas.

—Escribir, querrás decir —dijo la maestra.

—Y adivinar las figuritas —dijo Alfredo.

—Quieres decir leer —le aclaró la maestra.

—Creo que no queremos aprender algo así —explicó Toni, a su vez—. De donde venimos, nadie lo hace.

"¿De dónde vendrán?", pensó la señora Iglesias. "Luego les preguntaré." y salió de la clase en dirección al salón de profesores.

Francisco se acercó a Toni y a Alfredo y en voz baja les preguntó:

—¿Me saqué yo solo el siete en la prueba de matemáticas o ustedes me ayudaron?

—¡Bah! — Alfredo se encogió de hombros—. Tal vez lo haces mejor de lo que tú mismo crees.

—No sé. De todas maneras, me alegro —y agregó—. Pero es extraño que de pronto me vaya bien en una prueba.

Toni y Alfredo se pusieron de pie y cada quién tomó su sombrero de copa.

—¡Oigan, se ven muy pálidos! —comentó Francisco sorprendido—. ¿No se sienten bien?

—Claro que sí —respondió Alfredo—. Lo que pasa es que nos sentimos algo cansados, después de todo, estamos a plena luz del día.

Francisco se acercó un poco más y al hacerlo tocó a toni con la mano.

—¡Por Dios! —gritó—. ¡Estás enferma! ¡Muy enferma!

Luego tocó a Alfredo:

—¡Tú también!

Ni Toni ni Alfredo comprendían:

—No, estamos completamente sanos— replicó Toni.

Los demás niños se acercaron y los rodearon.

—Están helados —dijo Francisco.

—¡Oh! Como salida del refrigerador —se sorprendió la niña del moño rojo al tocar a Toni.

Todos coincidían en que los nuevos estaban muy fríos y pálidos.

—¡Niños helados! —exclamó el chico del cabello rizado—, nuestros nuevos compañeros están de veras fríos.

Toni y Alfredo negaron con la cabeza.

—Nos sentimos muy bien —dijo Alfredo—. Tenemos la temperatura correcta, es decir, 19.6 grados.

—¡19.6 grados! ¡Imposible! ¡Es una locura! ¡Demasiado poco! ¡Deben ir al doctor! ¡Rápido! —Trataban de convencerlos.

Ahora fue Toni quien tocó a los niños:

—¡Éstos tienen fiebre!

Alfredo se acercó a ellos y les tocó la frente.

—Están ardiendo y tienen la cara colorada —dijo—. De seguro, eso es contagioso.

—Yo sé qué les pasa —explicó Toni—. Es muy claro: están agotados. Por eso tienen fiebre alta, por lo menos 36.5 grados. No es de extrañar. Quien asiste a la escuela de día, a plena luz del sol…

—No le queda más que enfermarse —intervino Alfredo—. ¡Descansen! Les pondremos compresas frías.

—¡Qué ridículo! ¡Son ustedes los que necesitan compresas calientes! —dijo el chico del cabello rizado. Se tocó su propia frente y la de otros—: todo está perfecto.

Por fin, se pusieron de acuerdo en que cada quien tenía la temperatura correcta.

—Vengan, vamos abajo al patio de recreo— llamó la niña del moño rojo.

—¡No! —dijo Toni—. Nosotros tenemos otro plan.

—¿Qué plan?

—Queremos ir a la junta de los profesores —dijo Alfredo.

—No los van a dejar entrar —alguien opinó.

—¡Ja! ¡Ya veremos! —dijo Toni.

—Quizá ni se den cuenta de que estamos ahí —agregó Alfredo.

—¿Cómo piensan lograrlo? —preguntó Francisco, el gordito.

Toni y Alfredo se miraron sonriendo y se encogieron de hombros. Los demás niños se fueron al recreo, y después de saborear un pedazo de gis rojo, Toni dijo:

—Ahora vas a usar la magia.

—Y tú también —respondió Alfredo. ❖

La mano de un fantasma

❖ TONI y Alfredo salieron del aula y avanzaron por el corredor.

—¡Qué bueno que la magia también funcione de día! —murmuró Toni—. Ahora somos completamente...

—¡Shht! —dijo Alfredo; alguien se acercaba.

—¿Dónde está el salón de profesores? —le preguntó Toni.

El alumno señaló una dirección y cayó en la cuenta de que no había visto a nadie. Se dio la vuelta y para su sorpresa el pasillo estaba vacío.

—¿Será aquí? —preguntó Alfredo y abrió un poco la puerta.

—No —dijo Toni—, no es el salón de profesores.

Sólo había allí un ser humano, muy flaco y tieso, y proyectores de diapositivas, mapas de pared, libros viejos y cosas por el estilo.

—Oye, ése se parece al tío Gustavo —dijo Alfredo.

—¡Bah! A él hace mucho que no lo vemos —dijo Toni.

Luego le preguntó a la figura blanca—: ¿Eres de verdad el tío Gustavo?

Pero el hombre flaquísimo seguía ahí de pie y no contestaba.

—Está más flaco que el tío Gustavo —observó Alfredo.

Se acercaron más a aquel ser tan callado.

—Yo quería al tío Gustavo —recordó Toni—. Era divertido arrastrarse con él haciendo ruido en castillos antiguos.

—Podía hacer muy bien "uuuh, uuuh" —recordó Alfredo.

De repente alguien entró en la habitación. Un hombre de bata gris se detuvo junto a la puerta y preguntó:

—¿Hay alguien aquí?

Pero sólo vio el esqueleto de la clase de biología y las cosas que siempre habían estado ahí. Cerró la puerta y le echó llave. Después se alejó por el corredor.

—Justo a tiempo —dijo Alfredo—. Por poco nos deja encerrados.

La puerta que daba al cuarto de profesores se abrió sin hacer ruido, como empujada por la mano de un fantasma.

Sentados alrededor de una gran mesa, la directora presidía la reunión; a su lado estaba el subdirector. Todos hablaban entre sí y comían sus bocadillos del almuerzo.

—Pero si acabo de cerrar la puerta… —se sorprendió uno de los profesores—. ¿Cómo es que está abierta?

De pronto la puerta se cerró.

El subdirector dio una mordida a su sandwich.

—Colegas… —comenzó.

Alguien le arrebató el sandwich y lo puso sobre la mesa. El hombre miró asombrado para todos lados. Quién se lo había arrebatado. ¿Tal vez la directora?

—Estaba hablando con la boca llena —le susurró Toni a Alfredo—. ¡Eso no se hace!

—¡Correcto! —murmuró Alfredo—. Su sandwich se ve delicioso. ¿Qué tal sabrá?

—Colegas —comenzó de nuevo el subdirector—. Los ruidos del altavoz son muy extraños.

Todos asintieron, pero cuando la directora iba a intervenir el subdirector exclamó:

—¡Señora directora, le dio usted una mordida a mi sandwich! ¡Le falta un pedazo! —y señaló su almuerzo.

—¡Yo no fui, señor Barriga! —dijo la directora—. Sólo he comido de mi sandwich.

—Pero al mío le falta un pedazo —respondió él.

Alfredo reía a medias mientras masticaba.

—¿Está rico? —preguntó Toni.

—Mucho —cuchicheó Alfredo—. ¡Prueba!

—Enseguida —murmuró Toni y se acercó al subdirector.

Ahora la señora Iglesias tomó la palabra:

—Yo tengo dos nuevos alumnos en la clase y…

—¡Compañera! —gritó furioso el subdirector—. ¡Deje en paz mi sandwich! ¡Ya tiene un segundo mordisco!

La directora se exasperó:

—¡Colega! ¡Es usted desesperante! ¡Yo no me estoy comiendo su almuerzo!

—Humm —masculló el señor Barriga.

—Bueno —continuó la señora Iglesias—, se trata de dos nuevos alumnos. No puedo recordar si se me avisó que vendrían a mi clase, y estoy casi segura de que no habíamos hablado de ellos. ¿O me equivoco? En realidad me sorprendí mucho cuando aparecieron de repente.

—¡Ah, sí, los dos nuevos! —dijo la directora—. Con seguridad ya habíamos hablado de ellos. Si no, no estarían allí.

Y mientras hablaba, intentaba recordar: "¿Se habría dicho algo de dos nuevos? Ni idea. ¡Oh, que memoria! Deben estar inscritos, como es natural. Tal vez me olvidé de registrar la inscripción."

—En fin, los dos nuevos… ¡Ojalá se entienda usted bien con ellos!

—Sí, claro —dijo la señora Iglesias—, aunque dan la impresión de ser un poco especiales. Me imagino que provienen de alguna familia de artistas. Bueno, más tarde hablaré con ellos.

—¡Hágalo! —dijo la directora.

Toni y Alfredo sonrieron.

—Quiere hablar con nosotros —susurró Alfredo.

—Me parece muy amable de su parte —murmuró Toni—. Siempre relata cosas sobre los seres humanos y su escuela. Es para morirse de risa.

—Alguien está murmurando —dijo el subdirector y miró en derredor.

—Fíjate, el subdirector está tan pálido como nosotros —susurró Toni.

—Es cierto —murmuró Alfredo—. Tal vez sea nuestro pariente, voy a averiguarlo.

Un instante después el señor Barriga se levantó de un salto.

—¿Quién fue? —preguntó en voz alta.

—¡Oiga! ¡Me acaba usted de pegar un susto! —le reprochó la directora.

—Alguien me tocó la frente, como si quisiera comprobar si tengo fiebre. ¿Quién fue?

Algunos se miraron de reojo, pero nadie le respondió. En un rincón Alfredo susurró:

—No es nuestro pariente, Toni. Ese señor tiene muy caliente la frente y le falta el resplandor. ❖

Un recreo extraño

❖ EL SEÑOR Barriga continuaba enojado porque le habían dado algunas mordidas a su sandwich. La directora dijo:

—En fin, voy a pedirle a nuestro prefecto que revise el altavoz. Bueno, y ahora hablaremos de la excursión de la escuela.

El subdirector dijo:

—Para nosotros, los profesores, la excursión es una carga extra. Además tenemos la responsabilidad, si a alguien le pasa algo. Y en resumidas cuentas… la verdad, no tengo ganas. Por eso propongo que la excursión se cancele.

Algunos profesores lo apoyaron; otros opinaron:

—Nosotros estamos a favor de la excursión. A los niños les encanta la idea y a nosotros también.

—Pues a mí no —dijo el subdirector.

Toni murmuró:

—¡Qué raro que él no esté contento!

—Creo que el hombre es un poco perezoso —susurró

Alfredo—. Pero tengo algo para él. —Y sacó un frasquito del bolsillo de su pantalón.

—¡Qué bueno que lo traes! —dijo Toni en voz baja—. Eso es lo que le hace falta: el brebaje "S"; podría llamarse "brebaje de la salud", pero se llama…

—¡Shht! —siseó Alfredo— ¡Habla más bajo!

—Votemos ahora para ver si se hace o no la excursión —propuso el subdirector. Creía que la mayoría votaría en contra.

Luego volvió la vista a su sandwich y tartamudeó:

—¡Miren! ¡Flota! —pero el sandwich había aterrizado velozmente.

—¡Los panes no flotan en el aire! —enfatizó la maestra de física.

—Ésa fue la excursión del almuerzo de nuestro colega Barriga —comentó la directora.

—¡Exactamente! —le susurró Toni a Alfredo—, y ni siquiera ha notado que le falta otro pedazo.

El señor Barriga miró acusadoramente a la directora. Ella lo ignoró y dijo:

—Antes de que votemos sobre la excursión, me gustaría tomar una taza de té.

Y todos sintieron ganas de beber café o té.

—¡Perfecto! —dijo Alfredo, y echó a correr con el frasquito del brebaje "S" hacia las jarras de café y de té.

—¡Sólo un par de gotas! ¡Con eso basta! —susurró Toni.

Con sus tazas de café o té delante de ellos, todos los profesores bebieron un trago.

—Bueno, votemos sobre la excursión —dijo la directora.

Y en ese momento la señora Iglesias comentó:

—Señor Barriga, cambia usted de color como si fuera un semáforo. Primero estaba un poco rojo, después un poco verde y luego amarillo.

—¡Bah! —exclamó el subdirector. Tenía la cara llena de puntitos de diferentes colores: rojos, verdes, amarillos.

—¡Está usted lleno de puntitos! —exclamó la señora Iglesias—. Adquiere color. Le queda bien.

—¡No estoy lleno de puntitos! —repuso él y enrojeció—. Se dice moteado.

—¡Ah! —exclamó Toni—. Hay que tener cuidado con esas gotas. ¡Y eso que sólo fueron unas cuantas de más!

De repente, Alfredo se acordó de las reacciones secundarias del brebaje S: "En algunos casos se puede presentar una ligera pigmentación de la piel, luego una alegría desenfrenada y después un pesado cansancio."

Algunos profesores estaban del todo moteados, pero ninguno presentaba una coloración tan magnífica como el subdirector. Toni señaló:

—No tenía idea de que los profesores fueran seres tan sensibles.

El señor Barriga se levantó de su lugar riéndose y le ofreció a la directora el resto de su sandwich.

Todos los profesores reían.

—¡Ex-cur-sión! —exclamó el señor Barriga, retorciéndose como si fuera una víbora y moviendo los brazos—. ¡Qué bonita palabra!

—¡Colega! —lo reprendió la directora.

Un maestro encendió la radio y entonces el señor Barriga se dirigió hacia la directora bailando y moviéndose al compás de la música.

—¿Me permite?

Antes de que ella pudiera contestar, se encontró bailando con él. Otras dos parejas también empezaron a bailar.

—¡Ay! —festejó la directora— ¡Éste sí que es un recreo extraño!

Toni y Alfredo observaban a los profesores bailar y decir tonterías y reír.

—¡Nunca había habido tanta alegría aquí! —exclamó la señora Iglesias.

Poco después los movimientos de los bailarines se fueron haciendo más lentos.

—¡Oh! Ahora algunos empiezan a sentir un gran cansancio —murmuró Alfredo.

Los profesores se sentaron y comenzaron a bostezar. La directora miró cansada el reloj y dijo:

—Por desgracia el recreo terminó hace cinco minutos. Tenemos que volver a nuestras clases.

—Pero antes deberíamos votar acerca de la excursión —dijo la señora Iglesias.

—Bueno, pero hagámoslo rápido —opinó la directora y preguntó—: ¿Quién está a favor?

Algunos levantaron la mano.

—¿Y quién está en contra?

Otros levantaron la mano. Para terminar, la directora quiso saber:

—¿Quién se abstiene?

Miró a todo el círculo de profesores y declaró:

—El señor Barriga se abstiene. ¡Vaya sorpresa!

El subdirector estaba apoyado en el respaldo de la silla. Tenía los ojos cerrados y roncaba suavemente.

—Bueno, aquí tenemos el resultado —declaró la directora—. Siete profesores están a favor, seis en contra y una abstención. Así que se lleva a cabo la excursión.

Después agregó:

—Aquí se siente algo especial, queridos colegas. ¡Si supiera qué es! —bostezó otra vez y dijo—: Bueno, ahora tenemos que ir a los salones. Usted también, señor Barriga.

Entonces la puerta se abrió como si la hubiera empujado una mano fantasmal. Pero nadie lo notó, porque profesores y profesoras estaban muy ocupados bostezando. ❖

Parecen fantasmagóricos

❖ LA SEÑORA Iglesias entró al aula todavía bostezando. Todos los niños estaban sentados en sus lugares, incluyendo a los dos nuevos alumnos.

—Acabamos de decidir que también este año la escuela hará una excursión —les comunicó.

Todos aplaudieron.

—Bueno, y ahora a trabajar.

Después de un rato, Alfredo preguntó:

—Dime hermana, ¿nos quedamos aquí o nos regresamos a la escuela de medianoche?

—La verdad es que me gusta aquí —susurró Toni—. Pero allá tampoco está mal. Hay más sustos.

No era fácil decidir. Toni se esforzó por parecer bien educada. El tiempo pasó con rapidez y la clase finalizó. Los niños guardaron sus cosas. Francisco, el gordito, se acercó a Toni y a Alfredo y les preguntó:

—¿Se van a casa? Los acompaño.

—Mejor no —dijo Toni.

Entonces la maestra llamó a Francisco:

—Creo que es mejor que te vayas sin ellos.Toni y Alfredo, quédense por favor un momento. Acérquense, quiero hablar con ustedes.

En el salón sólo quedaron la señora Iglesias y los nuevos.

—Desde que ustedes llegaron a mi clase, están pasando cosas raras —comentó.

—¡Oh! —fue todo lo que pudo responder Toni.

La señora Iglesias los miró con atención.

—Están muy pálidos —dijo—. Además tienen un extraño brillo verdoso. Bueno… en realidad… ustedes me parecen fantasmagóricos.

—¿De veras? —preguntó Alfredo.

—Sí —respondió la maestra—, y yo creo que ustedes vienen de otra parte. Pero no voy a preguntar, si ustedes no me quieren dar más detalles.

—En realidad, no queremos —dijo Alfredo.

—Algo más —dijo la maestra—. Debo saber dónde viven. Y también necesito la firma de sus tutores en este formulario.

—Y les mostró una hoja impresa.

—¡Tutor!, qué curiosa palabra —exclamó Alfredo.

—Quiere decir los padres —explicó la maestra—, o las personas que para ustedes sean como padres.

—¡Hum!, personas que sean como padres para nosotros —murmuró Alfredo— ¡Difícil, muy difícil!

—¡Bueno! —dijo la señora Iglesias—. Si sólo están de visita no necesito esa firma.

—¿Quiere usted ser nuestra tutora? —preguntó Toni.

La maestra negó con la cabeza.

—Yo ya tengo dos hijos —dijo.

—En realidad puedo portarme condenadamente bien —repuso Toni.

—¡Antonia! —la reprendió Alfredo otra vez.

Su hermana opinó:

—Dos o cuatro, es lo mismo. No necesitamos mucho lugar.

—De veras no puedo —dijo la maestra.

—Bueno, está bien —terció Alfredo—. Vendremos sólo de visita.

—De acuerdo —exclamó la maestra, y pareció bastante aliviada. Después se despidió de Toni y de Alfredo, quienes le desearon:

—¡Qué se diviertan en la excursión y salude a los niños! Es posible que dentro de poco nos volvamos a ver.

La maestra se fue a su casa. Toni y Alfredo se quedaron solos. Estaban cansados.

—Y si dormimos hasta que empiece nuestra escuela de medianoche —dijo Toni.

—Nunca van a creernos que estuvimos en la escuela a plena luz del día —opinó Toni—. Suena muy aterrador.

Alfredo partió un pedazo de gis rojo en dos. Le dio una mitad a su hermana y conservó la otra. Era como una comida de despedida.

—Después hay que desembrujar el sonido del altavoz, para que la señora Iglesias ya no se asuste —sugirió Toni.

—De acuerdo —consintió Alfredo.

Y Toni bostezó ruidosamente:

—¡Uaah!

—¡Antonia! —la regañó Alfredo—. ¡Tápate la boca!

Él también bostezó, pero lo hizo con la mano sobre la boca, de manera elegante. Luego se acomodaron uno junto al otro.

—¡Qué sueñes algo aterradoramente maravilloso! —le deseó Alfredo.

—¡Tú también! —dijo ella y cerró los ojos. ❖

Índice

Fantasmas escolares,
de Achim Bröger,
número 61 de la colección A la Orilla del Viento,
se terminó de imprimir y encuadernar en octubre de 2009
en Impresora y Encuadernadora Progreso, S. A. de C. V. (IEPSA),
calzada San Lorenzo 244, 09830, México, D. F.

El tiraje fue de 3 500 ejemplares.